Friedrich Seiler

Die althochdeutsche Übersetzung der Benedictinerregel

Antigonos

Friedrich Seiler

Die althochdeutsche Übersetzung der Benedictinerregel

Unveränderter Nachdruck der Originalausgabe von 1874.

1. Auflage 2024 | ISBN: 978-3-38643-577-2

Antigonos Verlag ist ein Imprint der Outlook Verlagsgesellschaft mbH.

Verlag: Outlook Verlag GmbH, Zeilweg 44, 60439 Frankfurt, Deutschland
Vertretungsberechtigt: E. Roepke, Zeilweg 44, 60439 Frankfurt, Deutschland
Druck: Libri Plureos GmbH, Friedensallee 273, 22763 Hamburg, Deutschland

DIE
ALTHOCHDEUTSCHE ÜBERSETZUNG
DER
BENEDICTINERREGEL.

INAUGURALDISSERTATION

ZUR

ERLANGUNG DER PHILOSOPHISCHEN DOCTORWÜRDE

VERFASST

UND MIT GENEMIGUNG DER PHILOSOPHISCHEN FACULTÄT
DER VEREINIGTEN FRIEDRICHS-UNIVERSITÄT

HALLE-WITTENBERG

MIT DEN THESEN ÖFFENTLICH ZU VERTEIDIGEN

AM

XXX. JANUAR MDCCCLXXIV, VORMITTAGS XI UHR

VON

FRIEDRICH SEILER
AUS POLKRITZ (ALTMARK)

GEGEN

K. KINZEL, DR. PHIL.

G. KETTNER, CAND. PHIL.

HALLE.

BUCHDRUCKEREI VON E. KARRAS.

1874.

SEINEM VEREHRTEN LEHRER

HERRN PROF. DR. ZACHER

ALS ZEICHEN SEINER DANKBARKEIT

DER VERFASSER.

Das studium der althochdeutschen sprache und literatur bedarf im einzelnen noch sehr der ausführung und vollendung.

Was zunächst die grammatik betrifft, so gründet sich das grosse Grimmsche sammelwerk vielfach auf schlechte texte und auch die überaus schätzenswerten arbeiten Weinholds sind — wie es ja bei einem so umfassenden stoff nicht anders möglich ist — von mannigfachen irrtümern im einzelnen nicht frei; wir werden dies im folgenden zu bemerken öfters gelegenheit haben. Die irrtümer sind dann zum teil in die kleineren schul- und lehrbücher der ahd. grammatik übergegangen. Sie zu beseitigen gibt es nur ein mittel, nämlich das, jedes ahd. denkmal auf seinen dialekt und seine orthographie hin genau durchzuarbeiten. Wenn dies geschehen sein wird, so wird manches falsche berichtigt, manches unklare aufgehellt, manches neue gefunden sein. Was uns daher zum weiteren ausbau der ahd. grammatik vor allem not tut, ist eine anzal monographien, die den dialekt jedes einzelnen schriftwerkes, zunächst natürlich der grösseren und wichtigeren, bis ins kleine genau darstellen.

Ebenso herscht in literarhistorischer beziehung über viele erzeugnisse der ahd. kirchlichen literatur noch mannigfaches dunkel; die kleineren homiletischen und katechetischen denkmäler sind in den 'denkmälern' von Scherer zwar auch literarhistorisch besprochen; allein manches ist mit zu grosser sicherheit hingestellt worden. Die glossen harren einer genauen bearbeitung durch Steinmeyer, die hoffentlich nicht mehr allzulange auf sich warten lässt. Vieles, z. b. die schriften Notkers, ruht noch ganz.

Das denkmal, mit welchem wir uns im folgenden beschäftigen wollen, ist bisher weder grammatisch noch literarhistorisch eingehend behandelt worden: Die dem Kero zugeschriebene übersetzung der regula Sct. Benedicti im Sct. Galler codex 916, gedruckt zuerst bei Schilter, dann bei Hattemer. Dieses denkmal soll der nachfolgende aufsatz zuerst grammatisch, dann literarhistorisch untersuchen; er zerfällt demgemäss in 3 teile:

1) dialekt und. orthographie des denkmals.
2) das verhältnis der deutschen übersetzung zum lateinischen text.
3) entstehung und zeit des denkmals.

Der erste teil wird der ausführlichste werden; denn einerseits wird es notwendig sein, in ihm einzelne grammatische fragen zu erörtern, andrerseits muss durch ihn festgestellt werden, ob zwischen einzelnen partien des denkmals orthographisch-dialektische unterschiede stattfinden oder nicht. Dazu sind aber statistische aufstellungen erforderlich. Ich habe mich bemüht, in diesen letzteren eine gröstmögliche genauigkeit zu erreichen; etwaige kleine fehler im einzelnen dürften bei der masse des materials entschuldigung finden. Die handschrift selbst zu kollationieren war mir nicht vergönnt; meine angaben beruhen daher auf dem Hattemerschen texte, für dessen etwaige fehler ich nicht verantwortlich gemacht werden kann. Ich citiere nach seiten der Hattemerschen ausgabe; eine 1 hinter der zahl der seite bezeichnet die obere, eine 2 die untere hälfte derselben; also z. b. $30_{,1}$ bedeutet s. 30 bis *keliti*, $30_{,2}$ von *ze dih* an; die grenze zwischen 1 und. 2 ergibt sich allerdings nicht immer auf den ersten blick, doch wird diese einrichtung zur erleichterung des nachschlagens dienlich sein.

I. Dialekt und Orthographie.

1. Konsonanten.

A) Gutturale. g — k.

Im anlaute ist das ursprüngliche *g* nur in wenig fällen stehen geblieben. *garawidu* und *gnada* $32_{,1}$, *gaugron* $100_{,2}$. $105_{,2}$, *gangararo* $105_{,1}$, *geswason* 104, *grozzii* $107_{,1}$, *ganuctsameru* 75. Ferner einigemale wo ursprünglich anlautendes *g* durch präfixe oder composition zu inlautendem geworden ist *eo-goweri* 57. *pi-gunnan* 68. *ana-gat* 72. *in-gangantemu* 85. *in-ganc* $110_{,2}$. *ki-gangan* $111_{,1}$ *in-ga-ganganer* $115_{,1}$. *ke-gangan* $116_{,2}$. *inke-gankaner* $117_{,2}$. *un-gi-laubig* 78. *ki-geban* $106_{,2}$. *un-ga-* $45_{,1}$ und $122_{,2}$ (3 mal). Hier geht dem *g* überall vokal oder *n* vorher; doch ist auch in diesem falle *k* das gewönliche, also *in-kangan, ke-kangan, pi-kinnan* u. s. w. Bis auf diese unbedeutenden ausnahmen ist die verschiebung von *g* zu *k* im anlaute durchgedrungen. Doch ist *k* nicht das einzige zeichen, was im aulaute steht; es wechselt mit *c*. Das verhältnis beider ist folgendes. Nur *k* haben alle diejenigen wörter, in denen auf *k e* oder *i* folgt (mit einziger ausname von *cernĭhho* 30,1) weil man sonst dieses *c* von dem für *z* geschriebenen nicht hätte unterscheiden können. Vor *a* findet sich *c* und *k*. Bei den häufig vorkommenden wörtern *kagan, kangan* und *karawan* überwiegt bei weitem *k* (*cagan* findet sich nie, *cangan* nur in *umbicangen* 100,2, *umbicanc* 111,1, *carawan* nur 100,1 und *ke-carawan* 119,2); auch das präfix *ka-* hat durchgängig *k*, nur 83,1 steht *cameinsamon* und 75,1 *canuhtsamera*. Bei den seltener vorkommenden wörtern schwankt der gebrauch; doch überwiegt hier im allgemeinen *c*. *cauma* mit ableitungen und zusammensetzungen findet sich 5 mal (89,1 zweimal, 91,2 zweimal und 92,2), *kauma* nur einmal 84; *cast* steht 3 mál (35,2. 115,2. 116,1); *kast* 2 mal (106,1. 116,1); *cataling* steht 106,2, *kataling* 113,2. Nur *c* haben *carto* 56,2. *cart* 94,2. *calm* 88. Vor *o* und *u* steht nur *c*. *cold* 35,1. *picurte* und *curtilom* 73. *comman* 33,2 und 56,1. *rehtculichontem* 60,1. Ebenso steht in den beiden unzähligemale vorkommenden wörtern *cot* und *cuat* nur *c*, nie *k**), auch in allen ableitungen und zusammensetzungen; endlich auch in dem 45 mal vorkommenden *eo-co-welih*, sowie in *eo-co-weri* 70 und *eo-co-wemu* 108,2. Es scheint demnach, als habe das *k* vor den hellen vokalen eine andere aussprache gehabt als vor den dunkeln; das *a* steht zwischen beiden in der mitte; daher hier das schwanken. Es kann doch z. b. unmöglich zufall sein, dass das ursprüngliche präfix *ga-* einerseits nur *ke* und *ki,* andrerseits nur *co-* geschrieben wird und dass sich sowol *ka* als *ca* findet. — Vor *r* und *l* steht nur *c: kecremiter* 31,1. *picraban* 42,2. *crimmii* 38,1. *kecriiffant* 46,2 (dafür einmal unregelmässig *ch: kechriffe* 87,2) *abcrunte* 51,2. *clatamuatan* 47,2. *claulicho* 116,1.

---

*) Von *cot* hat dies schon Jakob Grimm bemerkt gr. I²180. Der dort angegebene grund, dass *c* älter sei und dass man in dem heiligen namen die neuerüng des *k* nicht sobald wagte, ist dem oben angegebenen gesetze gegenüber hinfällig.

-— In fremdwörtern steht *c*: *canticun* 61,₂. *curs* 67,₁ (aus lateinischem *cursus* Graff IV, 497) *cucalun* 107,₁ (aus *cuculla*). Doch findet auch hier vor *a* schwanken statt: *kaliziun* 107,₁ (aus *caliga* Graff IV, 391) *caliziun* 108,₂.

Im in laut steht sowol *g* als *k*. Steinmeyer hat in einem aufsatze in Haupts zeitschrift 16, s. 131 ff. bemerkt, dass die verschiebung zu *k* im ersten teile, d. h. bis zu seite 54 (incl.) viel seltener sei, als im zweiten. Folgende beide tabellen geben das genaue verhältnis:

a) Zwischen vokalen stellt sich die sache so:

	(bis seite 54 incl.)		(nach seite 54.)	
	g	*k*	*g*	*k*
Ableitungssilbe *-ig-*	18	2	36	17
Ableitungss. *-ag-* (*slafag manag etc.*)	3	1	1	3
wizago	7	—	5	—
tag-	15	1	37	1
weg- (via)	—	2	—	1
auga	9	—	2	—
liugan	1	—	—	1
swîgan (tacere)	5	1	1	2
tragan (ferre)	3	1	1	1
perag- porag- (cavere abscondere)	2	2	—	—
zog- in den ordinalz.	—	—	2	—
egî (disciplina)	1	5	—	6
magan	3	1	1	—
kagan	1	1	2	5
eigan (proprius, habere)	9	4	1	11
sagên forasago	2	1	—	1
sorag-	1	—	—	—
stîgan	6	—	—	1
digî	1	—	3	2
piogan widarwîgo pereg-	1	—	2	—
stiagil	5	—	3	—
trâgi (piger)	2	—	2	—
chlagon	1	—	1	—
digit	—	—	—	1
kelegit	—	—	1	1
kehugit	—	—	—	1
keaugit	6	—	—	1
kehneigi -git	2	—	—	—
	104	22	101	56

Diese tabelle stimmt zu der Steinmeyerschen bemerkung um so mehr, da auf die 101 *g* in der zweiten hälfte allein 37 auf ableitungen und flexionen von *tag* fallen, wo überhaupt nur 2 mal *k* steht. Lässt man dieses wort ganz weg, so erhält man in der ersten hälfte 89 *g* und 21 *k*, in der zweiten 64 *g* und 55 *k*.

b) Nach liquiden und nasalen:

	(bis seite 54).		(von seite 55 an).	
	g	*k*	*g*	*k*
fang (accipere)	1	—	10	5
folgen	7	—	9	1
zunga	5	—	2	1
antlengan	2	—	—	2
langer	—	—	2	—
junger	3	—	2	1
pringan	2	—	3	6
singan	—	—	8	4
alonger	—	—	2	1
ringiro	—		1	1
morgan	—	—	3	4
kangan	5	—	16	7
porgen	2	—	1	2
dwingan	2	—	—	—
engil	1	—	—	—
enger	2	—	1	—
pergan	—	—	—	2
pirkic	—	1	—	—
hengit -gida	—	—	1	2
sprengit	1	—	—	—
erbolgan abulki	1	2	—	—
ableitungssilbe *-ing-*	—	—	3	—
	34	3	64	39

Nicht mitgezählt ist in dieser tabelle die femininalableitungssilbe *-unga*, die immer *g* hat; nur das wort *scauuunka* findet sich merkwürdigerweise 3 mal mit *k* und nur einmal (91,$_2$) mit *g*. — Die zahl der *g* hat sich laut obiger tabelle in der zweiten hälfte der ersten gegenüber noch nicht verdoppelt, die der *k* verdreizehnfacht. — Die verschiebung des *g* zu *k* im inlaut ist also in der zweiten hälfte des denkmals vilmehr

durchgedrungen als in der ersten und zwar ist sie am häufig-
sten in dem abschnitt s. 58—79 und s. 96—116.

Für *k* findet sich die schreibung *c* im inlaut nur in *zweinzicozstin* 68,1, *emezzico* 78,1, *heilicorin* 120,1 und *tracan* 110,2.

Im konsonantenumlaut*) ist *g* nur selten stehen geblieben; die gewönliche umwandlung ist *gj* = *ck*, bisweilen *cc*.
licken steht 6 mal (*liccan* nur 97,1, *liche* 101,1 ist schreibfehler);
leckan steht 3 mal (*leccan* 29,2 und 112); *auckan* steht 7 mal
(*augan* ist stehen geblieben 32,2. 69,2. 84,1.); *hneickan* steht 1
mal (52); *dickan* steht 1 mal (119,2); *weckan* steht 1 mal
(48)**); *kenuackan* steht 1 mal (107,1) (*kenuagan* 108,1); *huckan*
steht 4 mal (die *kehucke* = memor nicht mitgerechnet). Das
g ist also stehen geblieben nur nach unmittelbar voraufgehen-
dem diphthong (langer vokal kommt nicht vor) und auch
hier ist *ck* vil gewönlicher.

Bei den schw. vv. der *i* klasse werden die endungen des
praeter. und prtcp. praeter. häufig ohne das ableitungs *i* ange-
hängt; dann ist zu bemerken, dass sich *g* stets zu *c* wandelt.
Wir haben also neben *kehukit* (110,1) *pihuctiger*, *kehuctic*, *pi-
hucti*, *farhoc-ton* (spreverunt) 37,1, neben *kehneigit kehneictemu*
56,2; ausserdem noch *erflaucter* perterritus 29,1. Unmittelbar
vor *t* findet sich in der ganzen benediktinerregel überhaupt nur
c, nie *k*.

Im auslaut ist ursprüngliches *g* stets zu *c* (nie *k*) geworden. Beispiele: *zuakanc* 79. (dat. dagegen *umbicange* 111,1.
45,1) *lanc - sam* 34,2. *sanc* 67,1 (dat. *sange* 68,2) *tolc wec mac
sorc-haft arnunc* (118,1. 120,1) *scawunc* (107,1) *keziuc* (122,2) und
stets die adjektivische ableitungssilbe *-ic* z. b. *einic* 83,1.

k — ch.

Im anlaut ist *ch* allgemein durchgedrungen. *cnuati*

---

*) Der kürze wegen bediene ich mich des von Müllenhoff und Sche-
rer in anwendung gebrachten ausdrucks.

**) Es sind 2 verschiedene verba zu unterscheiden. Got. *vagjan*
ahd. *weckan* movere und got. *vakjan* ahd. *wecchan* excitare. In unserem denkmal begegnen beide. a) *weckan* in *weckentiu* moventia 48,2.
Diese form stellt Graff I, 675 ohne grund zur wurzel got. *vak* ahd. *wach*.
b) *wecchan* in *foraerwechan* promovere 117,2. Hier haben wir die bedeutung a) und die form b). Der unterschied beider verba wurde also
nicht streng festgehalten. Beides, form und bedeutung von b) haben wir
dagegen in *erwechenteru* excitante 31,1 und *sint erwehchit* suscitantur 123,1.

58 und *clohhot* 100,₁ sind schreibungenauigkeiten, da sich sonst stets *chnuat* (4 mal) und *chlohhon* (2 mal) findet. — Die nicht eingebürgerten fremdwörter lassen *c* stehen (vgl. oben), die eingebürgerten haben *ch; chiricha* 62,₁. 87,₂. 96,₁. *chliricho* .clericorum 115,₂, *chamfan* oft, *chuhchina* coquina 88. *fimf-chuslim* pentecoste 91,₂. Neben dem gewönlichen *christ* erscheint 2 mal (29 und 30) *crist.* — Die schreibung *hc* für *ch* findet sich im anlaut nur einmal: *hcreftio* 57. — Besonders betrachtet werden müssen die mit *qu* anlautenden wörter. Die gewönliche schreibart für diese ist *qhu* und etwas seltener *qhuu.* Bis s. 54 kommen nur diese beiden formen vor. Von s. 55 an aber treten, wie schon Steinmeyer a. a. o. bemerkt hat, auch andere schreibweisen ein. Gleich auf s. 56,₂ findet sich *quad* ohne *h* und ebenso *quemanero* 110,₂. Sehr häufig wird ferner von s. 55 ab *ch* für *qh* geschrieben. *chu* ist besonders häufig von 60—62, wo es 10 mal vorkommt (hier steht nur 2 mal *qhu*); ferner erscheint *chu* noch einmal auf s. 112. — *chv* steht 59,₂ 2 mal, 106,₁ und 112,₁ *). — *chuu* 87,₁. 106,₁. Schreibungen mit *ch* finden sich also im ganzen 18 mal und zwar erst von s. 55 an. Doch erscheinen auch von hier an noch 22 *qhu,* 4 *qhuu* und 2 *qu.*

Im **inlaut** ist die verschiebung ebenfalls vollständig durchgedrungen. Es kommen vor die schreibarten: *ch, hh, hch, cch* und *h.* — *ch* steht durch das ganze denkmal sehr häufig nach den harten vokalen *a, o, u* (37 mal) und nach liquiden und nasalen (23 mal); nach weichen vokalen (*e i*) steht es erst von s. 55 an und zwar in *michil* (60,₂. 117,₁) *zeichan* (82,₁ 2 mal. 84,₁. 88. 100,₁ 2 mal. 100,₂. 105,₂. 112,₁). *smecharem* 101,₂. *kirechida* 60,₁. *piswichaner* 114,₁, und ausserdem 49 mal in der ableitungssilbe *-lich-*, im ganzen also 63 mal. Dieses *ch* nach weichen vokalen erscheint nur in folgenden 4 abschnitten: s. 58—79. s. 82—84. s. 88—90. s. 96—116. in diesen ziemlich häufig; dann noch einmal s. 57 und 2 mal s. 117. Vor s. 55 kommt es nach *e* oder *i* nicht ein einziges mal vor. — Vor konsonanten steht *ch* nur 3 mal in den cass. obll. von

---

*) Lachmann (specim. ling. franc.) liest auch 57 *pichveme.* Hattemer hat *pichcme,* wol mit unrecht, denn blosses *ch* kommt nie für *qhu* vor (in *chorlar* und *choman* steckt das *v* im *o).*

achar, wo *a* ausgefallen ist, *achre*, *achro* und *achrum* (56,2. 91,2) und *in pidachta* operui 54,2. — *hh* ist die häufigste schreibweise und begegnet sowol nach weichen als nach harten vokalen durch das ganze hindurch wenig über 200 mal; es steht aber nie unmittelbar vor oder nach konsonanten. Hier ergibt sich also kein unterschied zwischen der ersten und letzten hälfte. — Dagegen findet sich *hch* in der ersten hälfte nur 3 mal und zwar nur in dem worte *ruahcha* (36. 37,1. 39,1); von seite 55 ab steht es 83 mal und zwar erscheint es ebenfalls meistenteils, aber nicht ausschliesslich, in jenen 4 eben genannten abschnitten. Es hat seine stelle sowol nach harten als nach weichen vokalen, aber nie unmittelbar neben konsonanten. — Das blosse *h* ist die seltenste schreibweise. Nach weichen vokalen steht es 32 mal durch das ganze denkmal hindurch; davon fallen die meisten, nämlich 26 auf die ableitungssilbe -*lich*-. Nach harten vokalen steht es nur 3 mal und zwar nur in der zweiten hälfte, nämlich *keprauhoter* 55,1. *mahon* 59,1. 116,2. — Beliebt ist *h* unmittelbar vor *t*; denn man war hier bereits diejenigen *h* zu schreiben gewohnt, die einem got. *h* entsprechen, in wörtern wie *naht forahta*; diese müssen im ahd. einen ähnlichen klang gehabt haben, wie die aus *k* verschobenen *ch**). So schrieb man denn *kesuahtos* 53 von *suachan*, *kistraht* 96,1 2 mal von *strechan*, *wahta* st. fem. von *wechan*, *trahton* aus tractare 41,1. *ch* erscheint hier nur in *pidachta* von *dechan* 54,2 und für *ch* in ungenauer schreibung *c* in *kestactem* von *stechan* 56,2. — *cch* findet sich nur in *clocchot* 124.

Der konsonantenumlaut wird gewönlich durch *ch* = *kj* ausgedrückt: *wechan* 31,1. 117,2. *erqhuichan* 42,2. *secho* rixae nom. plur. von *sekja* (Graff VI, 76) 123,1. Einmal findet sich *cch*, nämlich *decchan* 98,1. Tritt (im praeter. und part. praet.) *t* unmittelbar an die wurzel, so wird, wie eben erwähnt, aus *ch h*.

Die fremdwörter mit inlautendem *k* gehen teils auf die

---

*) Es beweist dies ohne zweifel, dass der unterschied des *hh* vom *h* (= got. *h*) kein anderer war, als dass ersteres als doppelkonsonant eben auch doppelt articuliert wurde. Vor *t* muste sich die doppelkonsonanz vereinfachen und die beiden laute fielen in der aussprache, und demgemäss auch in der schreibung, zusammen. — W. B.

verschiebung ein, teils nicht. Ersteres ist der fall bei dem etymologisch allerdings noch nicht ganz sicher gestellten *chiri-cha* 62,₁, wofür auch *chirihha* 87,₂ und *chirihcha* 96,₁, bei *tunihha* aus tunica 54,₁, bei *chuhchina* 88, *chliricho* 115,₁, *trahton* aus tractare 41,₁; letzteres in *cucala* 107,₁. *cantico* 61,₂. *lectur* 59,₂ und in dem aus lectio entstandenen *lectia* (*lecza*, *lectza*, *leczia*), ferner in *dicton* aus dictare 38,₁. — *trahton* ist also schon ein völlig deutsches wort geworden, *dicton* noch nicht.

Im auslaut ist das gewönlichste *h*. *werah* 55,₁. 101,₂. 102,₂. *puah* 30,₁. 59,₂. 82,₂. *auh* 47,₂. *piloh* 48,₂. *ruah-licha* 111,₁, ferner stets die ableitungssilbe -*ñh*; nach konsonanten *tranh* 102,₂. *umbincirh* 70,₁ (wol aus circulus). — *ch* steht in *werach* 30,₁. 31,₂. 40. 52,₁, nach konss. in *scalch* 38,₁. Für *ch* ist einfaches *c* geschrieben in *werac-man* 57 und *kidanc* 32,₂ *), *hc* in *werahc* 101,₂.

h.

Im anlaut. Vor vokalen wird es bis s. 54 regelmässig behandelt. Von s. 55 ab treten einige unregelmässigkeiten ein. Es fehlt einmal wo es stehen sollte: *orren* oboedire 114,₁ und steht 6 mal, wo es fehlen solte: *hubilan* 55,₁. *hachustim kehaucken* 57. *heru* 61,₂. *herist* 67,₂ *heikinin* 112,₂.

Wir kommen nun zu der wichtigen frage: wie steht es mit *h* vor den 4 konsonanten *n, l, r, w*? Wenn sich zwischen einzelnen teilen unseres denkmals in dieser beziehung scharf abgegrenzte unterschiede finden, so wird man dies nicht als einen blossen zufall ansehen können, sondern auf verschiedene verfasser oder schreiber schliessen müssen. Ehe ich zur untersuchung selbst komme, noch eine vorbemerkung. In 3 wörtern scheint es nämlich nicht ganz sicher zu stehen, ob sie anlautendes *h* haben oder nicht. Das ist erstens *zualuustrenteem* attonitis 31,₁; über dieses wort kann mit sicherheit nichts entschieden werden (vgl. Graff II, 293). Zweitens *liotan* got. *liudan* as. *liodan*; davon kommt in unserem denkmal das praeter. vor: *framerhlot* propagavit 30,₁, also mit *h*. Graff II, 198 führt aus den glossen noch 2 mal die form *arhlutun* an; sonst hat das wort auch im ahd. kein *h*. Das dritte wort ist *ñppan*

---

*) Der annahme, dass in *kidanc* am schlusse wirklich ten. gesprochen sei, widerspricht *tranh* 102,₂ und die cass. obll., die stets *ch* haben *kedancha kedanchum.*

parcere got. *hleibjan* ἀντιλαμβάνεσθαι Luc. 1, 54 an. *hlîfa*. Im ahd. kommt es nie mit *h* vor (Graff IV, 1110). Sehen wir aber die stellen an, in denen es erscheint, so ergibt sich, dass es hauptsächlich bei Otfried und Notker vorkommt, und bei diesen ist *h* vor konsonanten überhaupt schon abgefallen. Ausserdem steht es in den glossen, die Graff mit Ib und Rd bezeichnet und das sind genau dieselben, die für *arlutun arhlutun* setzten; es scheint in ihnen mithin zwischen *l* und *hl* überhaupt verwirrung eingetreten zu sein. Endlich findet sich das wort noch einigemale in unserem denkmale, nämlich 52,₂. 69,₂. 72. 89. Die 3 letzten stellen fallen aber in abteilungen, wó, wie wir gleich sehen werden, das *h* vor konsonanten schon überhaupt abgefallen ist; die erste 52,₂ steht allerdings in einem teile, wo *h* sonst stehen geblieben ist, aber auch in diesem abschnitte findet sich gerade vor *l* das *h* abgefallen, *lancha* 32,₁. *ebanlozzo* consors 29,₂. Also keine einzige von den stellen, wo *lippan* vorkommt, beweist mit sicherheit, dass es im ahd. ursprünglich ohne *h* war; das wort kann recht gut *hlippan* gelautet haben, nur ist es uns zufällig in dieser gestalt nicht mehr überliefert.

Nun zur sache selbst. In beziehung auf anlautendes *h* vor conss. sind in unserem denkmal folgende unterabteilungen zu machen:

1) von anfang an — s. 57. Hier findet sich 5 mal *hlauffan* (29,₁. ₂. 31,₂. 32,₁. 47,2) 14 mal *hwer hwaz* (29,₁. 30,₂ 2 mal. 31,₁. ₂ 4 mal. 32,₁. 32,₂ 2 mal. 35,₁. 36,₂. 47,₁) 4 mal *hreini* (30,₁. 42,₂. 44,₂ und *heinan* für *hreinan* 57) *hlosen* (30,₁) 3 mal *hneigan* (30,₁. 41,₂. 56,₂) *hwaslihho* (30,₁) 7 mal *hwerban* und *hwaraban* (30,₁. 31,₂. 34,₁. 38,₁. 45,₁. 51,₂. 52,₂) 3 mal *anahlinen* (36,₂. 44,₁. 46,₂) *hriwa* (33,₂) 2 mal *odhwila* (40.₁. 43,₁) 2 mal *hlahtar* (44,₁. 56,₁) 3 mal *hleitara* (49,₂. 50,₁ 2 mal) *hrucki* (53,₂) *edeshwelih* (52,₂) *hwialihhi* (39,₂) *hwenne* (37,₂) *hwanta* (37,₂) 3 mal *hweo* (39,₂. 48,₁. 50,₂) *hlutreister* (56,₁) *hwanan* (41,₁) 5 mal *hwelih* (42,₁. ₂. 48,₂. 52,₂. 53,₁) 2 mal *eocohwelih* (50,₂. 56,₂), also 63 mal anlautendes *h* vor conss. — Ausnahmen: Die vom stamme *hwa* abgeleiteten pronomina, wenn sie präfixe bekommen, lassen fast stets — auch in den folgenden abteilungen — das *h* fallen; daher findet sich in ableitung 1 18 mal *eocowelih*, 2 mal *eddeswenne*, 2 mal *eddeswelih*, 2 mal

eddeswer, ferner *eogoweri, so war so, sowelih.* — Sonst fehlt *h*
nur sehr selten und zwar nur vor *l,* nämlich in *lahtar* (56,₁ 2
mal) *ebanlozzon* 29,₂. *lanchom* 32,₁ und villeicht in *lippanti* und
zualuustrenteem.

In dieser abteilung ist also das stehen bleiben von *h* bei
weitem das gewönlichste.

2) Seite 58—79. Hier ist das felen von *h* die regel. Es
findet sich 3 mal *wila* (58,₁. 65,₂. 66,₂) *weamichili* (60,₂) *odowila*
(62,₁. 69,₂) *eddeswer* (62,₁) *laufan* (63,₁) *werban* (64,₁. 79) *rei-
nan* (64,₁) *eocowelih* (69,₁ 79 2 mal) *welih* (69,₂) *wenne* und
eocoweri (70) *weo* und 2 mal *lutar* (71) *erlozzan* (76) *sowelih*
(76. 78) *wassira* acrior (78), also 25 mal fehlt *h.* — Es steht
nur 1 mal, in *hwassi* sagacitas 77.

3) Seite 80—87. Hier pflegt *h* wider gesetzt zu werden.
2 mal *odhwila* (80,₂. 87,₂), 2 mal *hreini* (84,₂) 1 mal *hwarban*
(87;₂) und vom pronominalstamme *hwa hwelih* (80,₂) *so hwelih
so* (82,₁) *so hwer so* (86,₂). — Doch ist zu bemerken, dass von
pag. 84 der handschrift d. i. auf s. 82 bei Hattemer bis zum
beginne des XXXV. kapitels auf s. 84 sich bloss *eocowelih* u.
so welih findet und zwar jedesmal ohne *h.* Diesen abschnitt
können wir also auch als einen bezeichnen dem das *h* fellt;
ein sicheres kriterium ist nicht vorhanden.

4) Im folgenden müssen wir jede seite einzeln ansehen.
Es erscheint s. 88 *enti weliches so, eddeswaz* 2 mal, *wanan*
unde; s. 89 kommt kein hierher gehöriges wort vor; s. 90 erscheint nur *eocowelih* und das gibt kein kriterium ab, da es
auch in den partien, die sonst *h* haben, fast stets ohne *h* steht
(es hat *h* nur 50,₂. 56,₂. 120,₁); s. 91 *weo*; s. 92 nur *eocowelih.*
— S. 88 beginnt also entschieden eine neue abteilung, die das
h abwirft; wie weit diese aber reicht, lässt sich nicht mit
sicherheit sagen, da im folgenden zu wenige und zu unsichere
zeugnisse vorkommen. — Mit sicherheit lässt sich eine neue
abteilung aufstellen von

5) S. 93—95. 3 mal *hlauffan* (93,₁. ₂. 94,₂); *eddeshwer* 93,₁.
hriwôn 94,₁. *hwelih* 95. — Nur einmal *kakanlaufit* 94,₁.

6) S. 96—116. Das *h* fehlt stets. 2 mal *odwila* 99,₂. 100,₂.
laufan 100,₁. *ruam* 102,₂. *lutar* 102,₁. *warban* 108,₁. *wealihnissi*
107,₁. Die pronomina vom stamme *hwa* 22 mal ohne *h.* —

Ausnahme allein *hwaz* 99,₂. — Auf s. 117 komt kein hierher gehöriges wort vor.

7) S. 118—125. Das *h* ist überall erhalten. *kihworvanissa* 118,₁, 3 mal *hwerban* (118,₂. 125,₂ 2 mal), *hlutar* 119,₁, *hweizzi* 122, *hreini* 2 mal (120,₂. 121,₁), *hwelih* und *sohwelih* 3 mal (119,₁. 120,₂. 123,₂), so *hwarso* 119,₂. *hwaz* 121,₁; selbst einmal *eocohwelih* 120,₁. — Ausnahme nur ein *eocowelih* 121,₁.

Im in- und auslaute entspricht es ganz dem got. *h.* In einem falle ist *h* bewahrt, wo sonst im ahd. stets *g* eingetreten ist, nämlich in 'dem verbum *frahên* und ableitungen. *frahemees* 32,₂. *intfrahetomes* 34,₁. *antfrahida* 32,₂ und 55,₂. Von diesem verbum führt Graff III, 815 nur noch ein beispiel mit *h* aus den glossen an; sonst hat es stets *g.* Das wort ist allerdings etymologisch nicht durchsichtig; *h* ist aber jedesfalls ursprünglicher als *g* (got. *fraih-na*). Im praeter. und partic. praet. starker verba wird *h* der wurzel, wie im ahd. überhaupt zu *g: kislagan* 54,₁. Dies *g* ist weiter zu *k* verschoben in *farcikan* 79. — Verdoppelt ist ursprüngliches *h* in *sehhantem* 56,₁ und in dem öfter vorkommenden *nohhein*, vorausgesetzt, dass die ableitung von *noh* (got. *nih*) und *ein* richtig ist. Diese verdoppelung lässt auf eine schärfere, dem *ch* sich nähernde aussprache schliessen, ebenso wie die schreibung *nachtes* 98,₂ für *nahtes*. — Ausgefallen ist dagegen *h* in *forakisiit* 116,₂ (2 mal) und in *eowit* 83,₁. 89,2. 114,₂, wofür gewönlich *eowiht.* — Die wurzel *nah* hat ursprüoglich *h* (got. *ganôhs ganôhjan*); sie hat im ahd. aber schon früh. ein *g* erhalten und dies ist wider vilfach zu *k* verschoben, besonders im auslaut und konsonantenumlaut. So finden wir *kenuackan* 107,₁. *kenuakit* 96,₂. 107,₂. *kanuage* 108,₁. Folgt aber auf diese wurzel unmittelbar *t,* so erhält sich das alte *h: kinuhtlicho* 105,₂. *kanuhtsam* 47. 62,₁. 75,₁. 86,₁. 94,₁. ₂. 97,₂; dafür steht nun 2 mal *kanuhctsam* 96,₁. ₂ und 4 mal *kanuctsam* 75,₁. 77 (2 mal) 96,₂; also auch hier *c* für *ch* resp. *h.*

Ich stelle am schlusse der übersicht wegen alle die fälle zusammen, wo *c* für *ch* geschrieben ist: a) anlaut *cnuati* 58. *clohhot* 100,₁. — Umgekehrt steht *ch* für *c* in *kechriffe* 87,₂. b) inlaut *kistact* 56,₂. *kanuctsam* 4 mal. c) auslaut *werac-man* 57. *kidanc* 32,₂. Da in allen diesen oder ganz analogen worten die schreibung mit *ch* die gewönliche ist, so wird man nicht zweifeln, dass diese *c* nur ungenauigkeiten der schreiber sind, nicht etwa wirkliche tenues.

hc steht für *ch*: a) anlaut: *hcreftio* 57.   b) inlaut: *kenuhctsam* (2 mal).   c) auslaut: *werahc* 101,₂.

j.

j (*i* geschrieben) findet sich im anlaut nur vor den harten vokalen (*a, o, u*): *jâr, joh, junc.* Vor *e* und *i* ist es in palatal gesprochenes *g* verwandelt: *gehan* confiteri, *pigiht* confessio. In dem worte *giu* jam ist dieses *g* dem vokalisierten *j* vorgeschlagen. — Im inlaut erscheint *j* nur in ableitungssilben, bei subst. adj. und schw. v. Hierüber bei jedem einzeln.

B) **Dentale.**

d — t.

Die verschiebung ist im **anlaut** stets eingetreten. Schreibungenauigkeit *th* für *t* ist *thruhtinlihhemu* 101,₁. — Die fremdwörter dagegen sind nicht verschoben worden.   *diubil* 32,₂. 34,₂. *disco* (13 mal) *dicton* 29,₁. 38,₁.

Auch im **inlaut** ist die verschiebung nach vokalen stets durchgedrungen (mit einziger ausnahme von (*ahto*)*do* 55,₂), z. b. *haubite* 69,₂, nach liquiden und nasalen meistenteils. Merkwürdig ist, dass die beiden adverbia *eonaldre* und *neonaldre* mit alleiniger ausnahme von 121,₂ stets *d* zeigen, während die cass. obll. von *altar* immer *t* haben (ausgenommen nur *aldre* 89,₂). Sonst zeigt sich *d* noch 1 mal in *standan* 50,₁ (sonst stets *stantan*), 2 mal im partic. praes. *horendo* 31,₁ und *farsuumando* 80,₂, in *fiordo* 53. 59.₁. 60,₁ (nach *f, s, t* und *n* ist die endung der ordinalzahlen dagegen *-to: zwelifto sehsto dritto niunto*). Abgesehen von diesen geringen spuren findet sich bei den dentalen nichts von der neigung der liquiden und nasalen, folgende tenuis zur media zu erweichen. Wir haben also *wolta* 31,₁. *wuntrum* 49,₁. *sunta pintan stantan altres kerta* u. s. w. Auch das fremdwort expendere ist zu *spenton* (68,₁. 75) *spentari* (120,₂) verschoben.

Besonders betrachtet werden muss die partikel *indi*. Sie erscheint in dreifacher form: *indi, inti* und *enti*, und zwar verteilen sich diese auf die einzelnen partien des denkmals in folgender weise:

	indi	*inti*	*enti*
1) 28—54	etwa 130 mal		1 $(36_{,1})$
2) 55—57		1	6
3) 58—79	1	1	
4) 79—82	8	4	
5) 82—84			
6) 84—87			
7) 88—90			1
8) 90—95	3	1	
9) 96—116			1
10) 117—125		2	2

Ich habe in dieser tabelle absichtlich wider diejenigen 4 abschnitte hervorgehoben, die wir schon einige male kennen gelernt haben; hier haben sie nichts eigentümliches; die partikel kommt gerade in ihnen selten vor.

Im k o n s o n a n t e n u m l a u t wird *dj* immer zu *tt pittan arabeittan leittan nôttan wâttan*. Nur ein einziges mal $100_{,1}$ steht *arbeitan* (als 3. pl. conj.) mit einem *t*.

Im a u s l a u t ist *d* stets zu *t* verschoben, z. b. *haubit* $65_{,1}$. *chnuat* 28 u. s. w. — *funt* aus pondus $89_{,1}$.

t — z.

Im a n l a u t ist die verschiebung allgemein; in den beiden fremdwörtern *tunihha* und *tempron* ($54_{,1}$. 58. $92_{,1}$) ist dagegen *t* stehen geblieben. — Für *z* wird oft *c* geschrieben, merkwürdigerweise in dem worte *cît* immer, obwol es 50 mal vorkommt. Sonst noch in *cilen* $92_{,2}$ (*zilen* $44_{,2}$ und $121_{,1}$) *cihan* 79 (*zihan* $80_{,2}$) und in dem fremdwort *cella* $35_{,2}$.

Im i n l a u t e wird *z* zwischen vokalen gewönlich doppelt geschrieben; doch finden sich auch genug beispile, wo nur ein *z* steht, sowol beim harten als auch beim weichen. — In der ersten hälfte des denkmals (bis s. 54) wird durchaus nur z oder zz geschrieben, von s. 55 an kommen auch andere schreibweisen vor. Für das harte z oder zz findet sich zc in *kasezcida* 68,2. tc in *lutcimuate* 99,2. tz in *nutzi* 114,1 und einfaches c in *scurciu* 107,2. — Weiches z wird durch sz ausgedrückt in *kiwiszida* 72. *wiszun* 98,1. — Umgekehrt steht in der letzten hälfte bisweilen z oder zs für s: *zweinzicozstin* 68,1. *zuzsa* 108,1. *wazkan* 107,2. *deze* 114,2. Noch auffallender ist diese konfusion zwischen s und dem weichen z

im auslaut. Auch hier ist in der ersten hälfte alles in ordnung; in der zweiten steht oft s für z, nämlich in der endung des ntr. sing. der starken adjektivdeklination: 60,2. 64,2. 71 (2 mal). 77 (2 mal). 89. 90,2. 96,2. 98,2. 100,1. 102,2 (2 mal). 107,2. 108,2. 109,2. 113,1. 114,1. 2. 115,1; hier steht überall *-as* für *-az*. Umgekehrt erscheint z für s in *kasezamez* 61,1. *dez* 75,1. *muaz* 69. *edezlichera* 115,1.

th — d.

Anlaut. In der ersten hälfte findet sich nie *th*, in der zweiten öfter. Von s. 55 an nämlich ist die wurzel got. *þiu* ahd. *dio deo*, also wörter wie *deonôn, deomuati, deoheit*, 12 mal mit *th*, 19 mal mit *d* geschrieben. Alle anderen ursprünglich mit *th* anlautenden wörter zeigen durch das ganze hindurch nur *d*.

Im inlaut ist die verschiebung nicht nur völlig durchgedrungen, sondern auch bisweilen eine stufe weiter gegangen, indem das aus *th* entstandene *d* weiter zu *t* verschoben ist. Dies ist nicht allein der fall bei denjenigen starken verben, die im ahd. gewönlich im praeter. und prtc. praeter. *d* in *t* wandeln (so z. b. *qhuatumes, keqhuetan, keliti* 30,1. *kelitan* 44,1. *snitan* 108,2), sondern auch bei solchen, wo dem *d* liquida oder nasal vorhergeht, wird im praeter. und prtc. praeter. gern *d* in t gewandelt. Es findet sich im praes. nur *findan* (got. *finþan*) und *werdan* (got. *vairþan*), im praeter. dagegen 4 mal *funtan* (38,1. 69,1. 108,1. 116,1), daneben auch 4 mal *fundan* (37,1. 93,1. 100,2. 101,1) und von *werdan* hat der plur. praet. und das partc. nur *t*: *wurtun* 49,1. *wortan* 51,2. 52,2. 53,1. 55,1, aber stets *werdan wirdit*. — Das got. verbum *falþan* heisst stets *faldan* (es kommt im ganzen 6 mal vor); ebenso *zwifalda*

37,₁; doch steht einmal *t*: *sibunfalta* 65,₂. — Neben dem 4 mal vorkommenden *erwirdi* steht 61,₁ *eruurti* reverentia.

Im auslaute ist das aus *th* verschobene *d* gewönlich stehen geblieben. Die im mhd. allgemeine regel, dass auslautende media zur tenuis wird, zeigt in unserem denkmale nur erst schwache anfänge. Das gewönliche ist *ward* 49,₁. *mund* 37,₁. *leid-sam* 51,₂. *cold* 35,₁. *qhuad* (kommt 7—8 mal vor) *aband* 92,₁. *aband-muas* 89,₁. 91,₂. 92,₁. ₂. Die verhärtung zu *t* erscheint nur in *einfalt-lih* 37,₁. 115,₂. *abant-lih abant-lob* 69,₁. 63,₂. 68,₂. *abant-cauma* 89,₁. *tult* 63,₁. *tult-lih* 112,₂.

8.

Der wechsel zwischen *s* und *z* ist schon beim *z* besprochen.

Der rotacismus steht auf derselben stufe, wie im ahd. überhaupt z. b. *was wârun; ganesan kiosan friosan* etc. kommen nicht vor; *lesan* hat im praes. stets *s* (70. 90,₂. 101,₂ etc.), im praeter. kommt es nicht vor; im partic. praeter. hat es 12 mal *r*: *kaleran* und nur einmal *s*: *kalesan* (59,₂).

Ueber den wechsel von *sk* und *sc* gilt folgende regel: vor *a, o, u* und vor konss. steht *sc*, vor *e* und *i sk*; es ist dies dieselbe regel wie die über *k* und *c*; nur gehört *a* hier ganz entschieden zu *o* und *u*. — Beispiele: *scal, sculun, scolan* (oft), *scalch* (31,₁. 38,₁.), *scaf scawon* (oft), *scamelum* (61,₁). *scuttan* (44,₁. 111,₁). — *disco, discono, discun, discoom* (oft), aber *diskin* (46,₂. 48,₂). *chuscan* (121,₁) *himiliscun* (49,₂), aber *rumiskiu* (63,₂). *mannaskiu* (87) *chuskeer* (80) *horski* (77). *scammar* (51,₂) *scamlicho* (71), aber *skemlicho* (88) *skemmi* (60,₁) *skemmisto* (58). — *fleiskes, fleiske, hiwiskes* (36,₂) *miskenti* (38,₂) *skirmeen* (41,₂) *skern* (48,₂) *skinan, skeidan, skerran, zwiske, driske, feoriske, wunske* (36,₁). — *scriban, kescrift, scrannom* (59,₂).

Ausnahmen von dieser regel kommen bis s. 54 gar nicht vor; von s. 55 an habe ich folgende gefunden: a) *sk* steht für *sc* 6 mal nach *a*, 1 mal nach *o*: *waskan* (102,₁. 108,₁. 107,₂) *skammer* (60,₁) *kinozskaffi* (95) *skawon* (121,₂) *fleisko* (86). b) *sc* für *sk* nur: *scern* (102). *sceidan* (118,₂). *sceffantin* (66,₁). *lantsceffi* (107,₁). *kinozsceffi* (75,₁). — Die schreibung *sch* findet sich nur 1 mal: *unchuschida* (102,₁).

Ob in *sarf* (29. 79) ein *c* ausgefallen ist, oder ob die form ohne *c* die ursprüngliche ist, vermag ich nicht zu entscheiden und verweise auf Graff VI, 278.

C) **Labiale.**

b — p.

Anlaut. Nur in folgenden fällen ist anlautendes *b* unverschoben geblieben: 1) *bibun* tremore 98,₂. steht einzeln. 2) *deru bidarbi* 84,₁ und *fora sibifaldan* provolvatur 96,₁ (aber 3 zeilen weiter *forapivalde*). Hier geht beidemale dem *b* ein auf vokal auslautendes wort voran, das an sich nur schwach betont ist und sich dem folgenden eng anschliesst. *sibifaldan* ist sogar in ein wort geschrieben. Die media erklärt sich hier also daraus, dass der konsonant als inlautender behandelt wird. Noch deutlicher zeigt sich dies in den fällen, die ich unter 3) zusammenfasse, nämlich diejenigen, wo durch zusammensetzung oder vorangestellte präfixe das *b* aus einem anlautenden zum inlautenden wird. Hier müssen widerum zwei unterabteilungen von einander gesondert werden:

a) Wörter, in denen der ton noch auf der mit *b* anlautenden wurzelsilbe haftet. *kabét* 66,₂. *kebétan* 87,₂ neben dem viel häufigeren *kapet* und *kepetan*. — *chinnibáhho* 54,₁. *furibúrti* 90,₂ (aber *farpóran* 90,₁). *erbáldee* 115,₁ (aber gewönlich *erpalden*).

b) Wörter, in denen der ton auf dem präfix ruht. *únbiderbe* 52,₂. *umbiderber* 100,₂. *únbilinnanlih* 45,₁. *únbiwamter* 51,₂ (diese *unbi-* stehen den oben angeführten *ungi-* ganz gleich. — Sehr häufig *píbot*, nie *pípot*, aber stets *kepót*. — *inbiz* oder *imbiz* und *inbizzan* 9 mal. — *ámbaht ámbahti ámbahtan* (got. *andbahts*). In diesen wörtern ist das präfix so eng mit der wurzel verschmolzen, dass man die zusammensetzung kaum noch fühlte; in *ambaht* z. b. hat man es sicher damals nicht mehr empfunden, dass das wort eigentlich ein kompositum ist. So wurde der ursprüngliche wurzelanlaut zum inlaut und demgemäss blieb die ursprüngliche media. Von der engen verbindung zwischen präfix und wurzelsilbe zeugt auch die, wie die gegebenen beispiele beweisen, hier so häufig (in *ambaht* immer, ausgenommen 93,₂) eintretende angleichung des *n* an das folgende *b*.

Ueberblicken wir alle diese fälle von anlautendem *b*, so sehen wir, dass nr. 1) 2) und 3ᵃ) nur in der zweiten hälfte des denkmals vorkommen (ausgenommen nur *chinnibáhho* 54,₁);

nr. 3^b) zieht sich durch das ganze, ist also ein allgemeineres gesetz.

Im inlaut ist regel, dass die media *b* gewahrt wird, sowol zwischen vokalen, z. b. *aband, sibun, habên, libes, ibu, ubil, truabal, haubit* u. s. w. als auch, wenn konsonanten unmittelbar danebenstehen, z. b. *salba* 78, *piderban, sterban, unsubro* 82,₁ u. s. w. — Verschiebung zu *p* ist sehr selten. Abgesehen vom konsonantenumlaut erscheint sie nur 7 mal: *(hau)pit* 99,₂. 100,₂ (sonst · stets *haubit*) *erhapener* 55,₂*) (sonst *erhaban*); *oparoro* 116,₂. (sonst stets *oba obana ubar*); *uppigi* 99,₁. 48,₂ *upigi* 100,₂ (1 mal *ubige* 101,₂) gehört wol zu demselben stamme wie *oba***). — Da nun die dentalmedia immer und die gutturalmedia wenigstens 120 mal zur tenuis verschoben ist, so ist das fast ausnahmslose beharren der labialmedia jedesfalls eine auffallende erscheinung. Betreffs der erklärung verweise ich auf Weinhold: 'allemannische grammatik' s. 119, wonach got. *b* nicht reine media ist, sondern dem altsächsischen *ƀ, v* und griechischer tenuis entspricht. Zu dieser erklärung stimmt, dass einigemale die alte labialspirans *v* erhalten ist und in denselben wörtern mit *b* wechselt. Weinhold führt aus dem gesammten allemannischen dialekt s. 126 beispiele davon · an. In unserem denkmal finden sich folgende: *ruava* 30,₂. 40,₂ neben *ruaba* 69,₁. ₂. *kehwerave* 34,₁ und *kihworvanissa* 118 neben *hweraban* 52,₂ und *hwerban* 79, 125. Hierher gehört auch die partikel *avur,* die stets die spirans zeigt. Einmal ist dieses *v* sogar zu *f* verschärft worden, nämlich *diufa* 42,₂ st. fem. (got. *þiubi* · st. n). — Vgl. übrigens über die ganze frage den aufsatz von Paul in diesen beitr. p. 147 ff.

Im konsonantenumlaut erscheint einfaches *b = bj* in *libanto* 69,₁. *libanti* 89. *erlauben* 83,₁. 106,₁. 111,₂. 116,₂; *bb* in *libbe* 72, *bp* in *erlaubpan* 35,₁, *kelaubpamees* 51,₂, *truabpe* 91,₂. 118, *pp* in *lippanti* 52,₂, *erlauppe* 119,₁, also alle nuancierungen:

---

*) *erhapener* verhält sich zu *heffan* wie *farcikan* (79) zu *zihan*.

**) Hiernach ist Steinmeyer in Zachers zeitschrift für deutsche philologie IV, s. 88 zu berichtigen. — Die von Weinhold s. 115 aus K. angeführten formen: *hapuh, epani, epur* sind nicht aus Kero, sondern aus dem vocabularius Sct. Galli. Dieselbe verwechslung begegnet Wein-. hold öfter.

*pp, bp, bb, b.**) — Blosses *b* tritt ein, wenn die endung des präteritums ohne ableitungs *i* an die verbalwurzel gehängt wird, z. b. *erlaupta* 111,₂.

Im a u s l a u t ist wie im inlaut *b* die regel, z. b. *lib, kib, lob, kescrib, erhuab, selb-suana* 41. — *p* erscheint nur 5 mal: *lip* 102,₁. *selp-willin* 30,₁. *selp-suana* 123,₁. *kap* 122,₁. *kescrip* 92,₂.

p — f.

Hier ist zunächst zu bemerken, dass weder im an-, noch im in-, noch im auslaute je die schreibung *ph* oder *pf* vorkommt, sondern nur *f* oder (im inlaut) *ff*.

Im a n l a u t steht *p* schon im got. selten und meist nur in fremdwörtern. — In unserem denkmal kommt aus *p* verschobenes *f* nur in den beiden fremdwörtern *funt* aus *pondus* 89,₁ und *farra* aus *parochia* 120,₂ vor.

Im i n l a u t ist die verschiebung unterlassen nur in dem fremdwort *tempron* 58. 92,₁. 91,₂. 102,₁. Sonst steht *f* oder *ff*. Drei fälle sind zu unterscheiden: 1) Nach kurzen vokalen findet sich nur *ff*; so häufig in den cass. obll. des zur bildung abstrakter feminina verwanten *-scaff*: *-scaffi, -sceffi, -scaffim* (35. 75. 95. 107,₁. u. s. w.); ferner *slaffi* desidia 30,₁. *slaffer* acediosus 100,₂. *offan* 44,₁. 74. 94,₁. 98,₁ zweimal; im konsonantenumlaut *sceffantin* 66,₁. — 2) Nach langen vokalen ist das verhältnis zwischen *f* und *ff* folgendes. *ff* ist das gewönliche. Es erscheint im dat. pl. von *scâf, scâffum* 36,₂. 37,₁. 40,₂. *wâffan* 30,₂. *crîffan* 46,₂. 87,₂. *rîffêr* 80,₁. *rîffi* 124. Schwanken zwischen *f* und *ff* findet statt in der wurzel *suf* (an. *sup*); davon kommt vor das intrans. *pisûffit* demergit 51,₂ und das trans. *pisaufit si* absorbeatur 77; ferner in wurzel *slâf* (got. *slêp*): *slâffe* 31,₁ und 102,₂. *slâffagan* 43,₂. *slâffit* 94,₂, aber *slâfal* mit einem *f* 73; endlich in dem verbum *hlauffan*. Hier steht *ff*: 29,₁. 31,₂. 32,₁. 47,₂. 93,₁.₂. 94,₂; *f* 29,₂. 63,₁. 94,₁. 100,₂. Dabei ist zu bemerken, dass wo *ff* steht, immer zugleich das anlautende *h* erhalten ist, während wo *f* steht, das *h* fehlt. Davon bildet die einzige ausnahme *kehlaufan* 29,₂, wo zwar *h* aber nur ein *f* steht. Hieraus geht hervor, dass

---

*) Hierher dürfte wol auch das oben angeführte *uppig* zu ziehen sein. — W. B.

die schreibung mit *ff* die altertümlichere ist. — Das wort *chaufan* (got. *kaupôn*) ist das einzige, in dem sich nur *f*, nie *ff* findet: 107,₁. 109,₂. — Alle die einfachen *f* nach langem vokal fallen mithin in die zweite hälfte des denkmals, ausgenommen ist auch hier nur jenes *kehlaufan*, das sich damit sicher als ein schreiberversehen für *kehlauffan* erweist. 3) Nach konsonanten ist *f* das gewönliche: *helfan, limfan, chamfan, sarfes* u. s. w. — *ff* steht nur 2 mal *helffa* 105 und *chamffan* 34.

Im konsonantenumlaut stehen nur die beiden verba *sceffan* 66,₁ und *chamfan* (einmal *chamffan*).

Im auslaut steht immer einfaches *f*; es kommt aber nur selten vor, z. b. *scaf* 53,₂. *aweraf* 55. *sweif* 107,₁.

Zu bemerken ist noch, das aus *p* verschobenes *f* nie *v* geschrieben wird.

f.

Dagegen hat das nicht verschobene, also dem got. *f* entsprechende *f* die neigung, in *v* überzugehen. Das geschieht zwar nie im eigentlichen anlaut, wol aber einigemale, wenn das anlautende *f* durch präfixe zum inlautenden wird (vgl. *b*). *ervullan* 29,₁. 44,₂. *invaldan* 50,₂. *forapivaldan* 96,₁. *ervirrit* 108,₂. *kivangan* 68,₁. Doch ist in *fullan, faldan, fâhan,* auch wenn präfixe davortreten, *f* bei weitem das gewönlichere; andere wörter wie *folgên faran* haben nie *v*. — Im wirklichen inlaut steht *v* 2 mal in *zwival* 40,₂. 70 (sonst *zwifal*) und in *ovan* (= got. *auhns*); endlich 3 mal in *erhevit* 49,₁. 56,₁. 100,₂. *heffan* hat in allen formen, wo *j* auf das *f* folgte *ff*, also inf. *heffan* (*hafjan*) 96,₂. 57,₁. 3sg. conj. *heffe* (*hafjai*) 75. 121,₁; wo *i* auf das *f* folgte, hat es *v*: *hevit* (*hafiþ*); im praeter. endlich und prtc. praeter. hat es *b*: *erhuab* 49,₁. *erhaban* 49,₁. ₂. 83,₂. 109,₂, einmal *erhapener* (s. oben).

w.

Für *w* finden sich die schreibarten *uu, vu* (z. b. *unkivuonin* 108,₁), *uv* (z. b. *uvilu* 58,₁.) und *vv*. *uu* und *vv* sind die gewönlichen ausdrucksweisen, die beiden anderen sind seltener; am allerhäufigsten ist *uu*. — 3 *u* für *w* stehen in *uuuaskan* diluere 102,₁ und vielleicht in *duuuidaro* 62,₁, wofür gewönlich *duuidaro*; doch kann hier die aussprache auch *duwidaro* gewesen sein. — Die lautgruppe *wu* wird nicht anders bezeichnet als das einfache *w*, also gewönlieh ebenfalls durch *uu*: *uurchan*, *euu* (= *êwu*), *uurum*, *antuurti* etc., *vvnilust* (= *wunnilust*) 35,₁, *vurzhaftor* 39,₁.

Besonders zu besprechen sind die diphthonge *au* und *iu* mit folgendem vokale. Müssen wir für unser denkmal die aussprache *aw*, *iw* oder mit nochmaligem vokalvorschlag *auw*, *iuw* annehmen? 1) Für die aussprache *aw*. *iw* sprechen 3 formen: *hrivoes* 42,₁. *iuih* 47,₂ und *scauoen* 86,₁, weil hier bloss ein *v* (resp. *u*) gesetzt ist und dies unmöglich für *uw* stehen kann; auch *niuun* (gen. sg. fem.) 30,₁ und 60,₁ wird man nicht *niuwûn* sprechen können, weil dann wenigstens 3 *u* stehen müsten. 2) Gar keinen anhaltspunkt geben formen wie *dreuui* 38,₁. *kidevvite* digesti 58. *keunfreuuit* 30,₁. 99,₂. *keunfrauue* 80,₁. *iuuih* 31,₁. *euuih* 31,₂. *nivvi* 110,₂. *plivves* 35,₁ und das verbum *scauuôn* 51,₁. 121,₂; in diesen wörtern kann man *uu* sowol für *w* als für *uw* nehmen. *scauuunka* dagegen (105,₂. 107,₁) lässt schon auf die aussprache *auw* schliessen, weil das blosse *wu* nur durch 2 *u* bezeichnet wird. 3) Entschieden für die aussprache *auw*, *iuw* beweisen *niuvvi* 34,₂. *itniuuuiu* 86,₂. *niuuuiu* 121,₁. *nivvviu* 107,₂ und das verbum *scauuuôn*, wo es mit 3 *u* geschrieben ist, nämlich 4 mal: 101,₂. 108,₂ (zweimal; das einemal hat Hattemer die sinnlose lesart *piscauuunche*. Graff VI, 555 und Schilter geben die richtige *piscauuuohe*) 120,₁.

Aus diesem tatbestande folgt, dass sich die aussprache damals noch nicht bestimmt entschieden hatte; sie schwankte noch zwischen *aw* und *auw*, zwischen *iw* und *iuw*.

Die neigung des *w*, nebenstehenden vokal zu verdumpfen, zeigt sich in *drowa* 77, aber *drawen* 38,₂.

Uebersicht über den stand der lautverschiebung bei Kero: dieselbe erscheint als ziemlich durchgedrungen, so dass sich der dialekt dieses denkmals demjenigen nähert, denn Jac. Grimm strengalthochdeutsch genannt hat. Im anlaut sind nur einige *th*, *b* und *g* stehen geblieben. Im inlaut ist *t*, *th*, *p*, *k* stets verschoben, fast immer auch *d*; es haftet eine grössere anzahl *g* und beinahe ohne ausnahme *b*. Im auslaut ist alles verschoben, widerum nur mit ausnahme von *b*. — Die spiranten *f* und *h* bleiben wie in allen ahd. denkmälern, mit wenigen ausnahmen in der flexion des st. v., stehen.

Ueber die liquiden und nasalen ist nichts zu bemerken.

x steht nur einigemale für das gewönliche *hs* in *sex* und *sexto,* wahrscheinlich durch das lateinische veranlasst.

Consonantische assimilation. a) vorwärts schreitende. Der zweite konsonant assimiliert sich dem ersten. Ausser den häufigen assimilationen eines ableitungs*j,* die bei der flexionslehre im einzelnen zur besprechung kommen werden, kommt diese assimilation nur vor in *stimma, nemman, frammert* (aus *framwert*). b) rückwärts schreitende. Der erste konsonant assimiliert sich dem zweiten. Hiervon kommt nur ein fall vor; nämlich *n* wird vor *m* und *b* häufig zu *m*; vor *m* nur in *ummahtim* 89 und *keummuazon* 99,₁ (sonst stets *unmah-tic, unmezzigî* u. s. w.). Vor *b: imbiz* und *imbizzan* 7 mal (daneben 2 mal *inbiz, inbizzan*), *ambaht* stets (nur einmal 93,₂ *anbahtes*). Die negierende vorsatzsilbe *un* bleibt vor *b* unverändert, z. b. *unbilinnanlih, unbiwamter, unbiderbi*; nur einmal steht *umbiderber* 100,₂. In *simblum* ist die angleichung stets eingetreten, mit ausnahme von *sinbulum* 56,₂. Vgl. s. 418.

Die uneigentliche, d. h. nicht auf assimilation oder kontraktion zurückgehende konsonantenverdoppelung. — Die *ff, zz, hh* s. oben. — Es sei gleich von vornherein bemerkt, dass in unserem denkmal nicht nur nach kurzen, sondern auch nach langen vokalen und diphthongen doppelkonsonanz gesetzt wird. Beispiele davon werden wir in der flexionslehre noch genug bekommen. Die spätere regel, dass, wo auf einen langen vokal durch assimilation oder kontraktion doppelkonsonanz zu stehen kommt, entweder der vokal gekürzt oder nur einfache konsonanz geschrieben wird, befolgt Kero noch nicht.

Wir finden nun uneigentliche konsonantenverdoppelung 1) nach vokalen; nach kurzen in *kespannan* 122,₂ (*kespanan* 55,₂. 116,₂ u. s. w.). *zehanning* 72 (*zehaningari* 117,₂. 123,₂.) *chuettan* 106,₁ (sonst *kiqhuetan*); nach langen in *zaummum* funibus 75 und *libbes* 73 (sonst immer *libes, libe*). 2) nach oder vor konss. Hattemer spricht hierüber in der einleit. s. 22 und erklärt es als eine folge der silbentrennung, die häufig durch aufsteigende buchstaben des lat. textes veranlasst wird. *afttroro* 65,₁. *kernnissa* 71. *fleiscco* 90,₁. *widarettragan* (Schilter liest *widaretragan;* ebenso Graff V, 497) 77. *durufttigôn* 105,₁. 107,₁. 108,₂

(sonst *duruftigôn*) *rehttunga* 111,₁. *rehtteru* 113,₂.*) — Diese
beispiele fallen nur in die abschnitte 58—79. 88—90. 96—116.

Im auslaut wird nie uneigentliche doppelkonsonanz geschrieben, sondern vielmehr ursprüngliche vereinfacht: *scammer*
60,₂. *scammas* 71, aber *scam-ĩcho* 71. *skem-ĩcho* 88.

2. Vokale.

Ich gebe im folgenden eine vergleichung der vokale unseres denkmals mit dem gewönlichen ahd. vokalstande.

Ueber *a, o, u* ist nichts zu sagen.

Für *e* steht 2 mal *ae*, *kachuaetan* 61,₁. *werchae* 73; in
zua-aerfultiu 45,₁ ist die doppelschreibung des *a* auf dieselbe
weise entstanden, wie die uneigentliche verdoppelung der
konss.

Für *i* steht einigemale *e*, ohne dass ursprüngliches *a* der
folgenden silbe diese wandlung bewirkt hätte, also ganz un-
organisch.**) Fast durchgängig ist dies der fall in den beiden wörtern *eoweht* und *neoweht*; in ihnen steht 25 mal *-weht*,
5 mal *wiht*, 4 mal *wit*, letztere beide nur in den 4 schon öfter
hervorgehobenen abschnitten, ganz besonders aber in 82—84,
der 5 mal *wiht* oder *wit*, *weht* dagegen nie hat. Es fand in
diesem *weht* also ein schwanken der aussprache zwischen *e*
und *i* statt. Einmal s. 55,₁ erscheint auch die schreibung *neo-
wiehti*, wo man schwerlich an eine wirkliche brechung des *i*
in *ie* denken kann; der schreiber setzte vielmehr, da er nicht
bestimmt wuste, ob er *i* oder *e* schreiben sollte, beide buchstaben neben einander. Näheres darüber unten bei der redu-
plikation. — Wirkliche brechung des *i* in *ia* haben wir dage-
gegen in dem nicht seltenen *stiagil* gradus. — Zu dem unor-
ganischen *e* für *i* könnte man auch *seh* für *sih* s. 102,₂ rechnen. Da aber sonst durch das ganze denkmal stets *sih* geschrieben ist, so wird man nicht annehmen, dass das *e* in dieser stelle auf wirklicher aussprache beruhe. Es bietet sich
vielmehr eine andere viel wahrscheinlichere erklärung. An

---

*) In *lùttri, lùttras* 71 ist das *tt* durch das nachfolgende *r* hervorgerufen wie in *bittar*. Daneben findet sich aber auch mit einem *t lutri*
102,₁. und *hlutremu* 119,₁.

**) S. 31 steht *euuih*, unmittelbar hinter *iuuih*. Das ist wol nicht
e für *i*, sondern *eu* für *iu*.

einigen stellen ist nämlich statt des entsprechenden deutschen wortes dasselbe lateinische, was schon im texte steht, als glossierung übergeschrieben, bisweilen etwas modificiert. So steht

s. 96,1 capite, capite, — s. 98,1 offan faciant, patefaciant, — s. 31,2 weran, veram, — s. 32

dera gnada sua, pietate sua, — s. 106,1 ibu ni erlauben, ibi non licere.

Dasselbe verfahren erscheint nun auch an unserer stelle. Sie lautet:

untraat seh, subtrahat se. Der schreiber hat hier mit der richtigen deutschen glossieruug angefangen, ist aber schon bei der zweiten silbe des *untar* in das darunterstehende lat. tra gekommen und hat nun ruhig die lateinischen buchstaben noch einmal darüber geschrieben; daher in *seh* das *e* für *i*.

ê erscheint gebrochen in *mias* 87. 92 (*meas* 89) und *hiar* 30. 48; ferner in der später zu besprechenden reduplication.

Von den **diphthongen** zeigen sich die gemeinahd. *ou* und *uo* ohne alle ausnahme in den altertümlicheren formen *au* und *ua*; die beiden *ia*, die Weinhold s. 60 aus Kero für *ua* anführt (*triabit* und *priadra*) beruhen auf einem irrtum; sie kommen bei Kero nicht vor. Als abschwächung des *ua* zu *ue* kann man die form *ze tuenne* betrachten; indes wurde hier das *ua* wol kaum noch als diphthong angesehen; man betrachtete vielmehr -*anne* als endung und schwächte diese nach analogie der übrigen gerundialen infinitive zu -*enne*, vgl. unten. In den formen *tue* 86,1 und *tueet* 31,2 ist *e* nicht schwächung des diphthongs, sondern konjunktivendung. — Das alte *ai* ist nur 4 mal geschrieben (*zaichannan* und *aikanemu* s. 82. *zaichanunga* 84. *zaichan* 100); sonst steht überall *ei* dafür. — *iu* ist, abgesehen von den brechungen, erhalten. *eu* steht dafür vielleicht in *euuih* 31 (vgl. oben) und in *chneum* genibus 85. Letztere form erklärt Weinhold s. 38 so, dass das *e* lang sei und für *iu* stehe; das ist ganz unwahrscheinlich, da *ê* für *iu* sich überhaupt nur sehr selten nnd bei Kero nie findet. Vielmehr ist entweder der vokal der endung -*um* durch den vorangehenden diphtong oder der zweite vokal des diphtongs durch den endungsvokal verschlungen.

Uneigentliche diphthonge sind wie in allen ahd. dialekten

in *fiant, friunt* durch zusammenziehung entstanden, ebenso in
fior (6 mal; dafür 9 mal *feor*). — Für das aus ursprünglicher
lautgruppe *aiv* hervorgegangene *êo* (z. b. *hwêo, êo* und *nêo* in
êoweht êonaldre) steht *êa* in *weamihhili* 60,2. *wealihnissi* 107,1,
ia in *hwialikhi* 39,2.

Vokalische assimilation.

A. **Halbe assimilation.** Sie wird durch *a* oder *i* bewirkt, welche den vokal der vorhergehenden silbe halb zu sich
hinüberziehen.

1) Halbe assimilation durch *a*, seit J. Grimm brechung
genannt.*) — Ihr unterliegt nur *i, u* und der diphthong *iu*.
Im allgemeinen folgt sie in unserem denkmal denselben ge-
setzen wie im gewönlichen ahd., d. h. sie tritt ein bei ursprünglichem *a* der folgenden silbe, wird aber verhindert durch
folgendes *i* oder *u*, sowie durch *mm* und *nn*. Von dieser regel
kommen folgende abweichungen vor: *i* ist nicht gebrochen in
lirnên (29. 34. 55 etc.), wo die doppelkonsonanz schützte und
in *rihtunga* 87,1, wofür sonst immer *rehtunga*. Als zu weit gegangene brechung kann man *êoweht* und *nêoweht* bezeichnen.
— *u* ist nicht gebrochen in *ubana* 91, was jedoch wol nur
schreibfehler ist für das sonst allein vorkommende *obana* (58.
59. 60. 61 etc.). timere, metuere heisst gewönlich *forahtan*;
zweimal kommt vor *furihtan* (43. 101) und zweimal *furahtan*
(31. 40); das *a* war hier nicht scharf ausgesprochener vokal,
sondern unbestimmter zwischenlaut, der auch durch *i* gegeben
werden konnte und die brechung nicht notwendig erzeugte. —
Zu weit gegangene brechung ist *farhocton* spreverunt 37,1
von *huckan*. — Einen merkwürdigen wechsel zwischen *u* und
o in ein und demselben worte haben wir in *ortfroma* st. f.
auctoritas 87,1 und *ortfrumu* gen. sg. davon 60,1. Wollten wir
hier die erhaltung des alten *u* annehmen, so würden wir ein
vokalspiel statuieren, wie es zwar in an. substantiven sehr
gewönlich, in ahd. aber unerhört ist, wo die brechung stets
entweder in allen kasus eintritt, oder in allen fehlt. Es ist

---

*) Man wird wol nicht umhin können jetzt der zuerst von Curtius
aufgestellten ansicht beizupflichten, dass die ahd. *e* und *o* den got. *i* und
u gegenüber den älteren stand darstellen. W. B.

wol eine sekundäre assimilation aus *ort/romu*, wenn nicht ein einfacher schreibfehler.

Die brechung des diph. *iu* ist gewönlich *eo* (wol zu unterscheiden von dem aus *aiv* hervorgegangenen *êo*), seltener zu *io*. So ist die got. wurzel *þiu* immer *deo* geworden (*deonôn, deoheit, deomuati* u. s. w.), nur einmal *dio* in *diomuate* 38,₂. Es findet sich nur *leoht, fleozan, farleosan*, 4 mal *fleohan* neben einmaligem *fliohan* 29,₁₁, zweimal erscheint *kepeotan* (36. 105) und ebenso oft *kepiotan* (46. 119). — *iu* bleibt dagegen ungebrochen in formen wie *fliuhis* 48. *farliusit* 79. *kepiutit* 52. 98. *tiuri* und *tiuran* (glorificare) *liuti, sniumi* und in der verbindung *iuw* (s. oben unter *w*); sodann im fremdwort *diubil* 32. 34. — Unregelmässigerweise stehen geblieben ist *iu* in *liugan* 35. 97. und *diufa* st. f. furtum 42,₂.

Es folgt eine tabellarische übersicht, über die entstehung der schwierigeren diphthonge. Die der reduplicationssilbe sind davon noch ausgeschlossen:

iu 1) = got. *iu*; 2) durch kontraktion in *friunt*.

io 1) brechung von *iu*; 2) durch kontraktion in *fior*.

ia 1) aus *êo* in *hwialihhî*; 2) durch kontraktion in *fiant*.
   3) brechung von *i* in *stiagil*; 4) von *ê* in *hiar mias*.

eo 1) *êo* aus got. *aiv*. 2) *eo* brechung von *io*. 3) durch kontraktion in *feor*.

ea 1) = *êo* in *weamihhiḣ*. 2) brechung von *ê* in *meas*.

eu 1) für *iu* in *chneum* und *euuih*. 2) umlaut von *au* in *dreuui keunfreuue*.

2) Halbe assimilation durch *i*, seit Jac. Grimm umlaut genannt. In unserem denkmal wird durch den umlaut noch kein anderer laut afficiert als kurzes *a**), das wenn in der folgenden silbe *i* oder *j* steht oder ursprünglich gestanden hat, in der regel zu *e* umlautet; doch ist es auch in vielen fällen rein erhalten. Beispiele des umlautes: *kerta* 39. 78. *secha* rixa 123,₁₁. *ekiso* 105,₁₁. *pletir* 92,₂. *eribo* aus *arbjo* 34,₁₁. *ewistun* ovilibus 35,₁₁. *megi* 39,₁₁. *unsemfta* acc. sg. fem. von *unsemfti* 39,₂. *redia redihaft* u. s. w. Besondere bemerkungen:

Der umlaut wirkt für gewönlich nur auf stammsilben, sel-

---

*) *selih* für *solih* 97,₁₁ ist nach Weinhold s. 19 nicht als umlaut anzusehen.

ten auf ableitungs- oder auf solche silben, die durch einschub eines hilfsvokals zwischen liquida und muta entstanden sind. Derartige silben verfallen vielmehr der ganzen assimilation und schützen sogar oft die vorausgehende stammsilbe vor dem umlaut. Diess tritt zu tage bei den auf -*î* ausgehenden femininis; es heisst *heilantî* 37,₁. *managî* 31,₅. *untarworfanî* 41,₂. *ubarazzaî* 89. *fartraganî* 90,₂. *faranî* 107,₁. *inthabanî* 119,₁. Ebenso bei den schw. vv. der *i* klasse: *serazzan* 43,₁. *nidarran* 48,₂. *leisannan* 77. *zeichannan* 82,₁. 84. 85. *starachan* 53,₂. *kagannan* 106,₁. 119,₂. *karawan* und *hwaraban* oft. Es heisst ferner *arandi* asper 111,₁, aber *herti* 111,₁. — Auch zusammengesetzte wörter, die im zweiten teile kurzes *a* haben, nehmen den umlaut häufig nicht an; so *namahaftî* 119,₁. *warhaftî* 43,₁. *weralti* dat. von *weralt* 35,₁. Die mit *scaf* zusammengesetzten feminina wie *lantscaf fiantscaf* haben 4 mal -*scafî* und -*scaffim* (35,₂. 107,₁. 115,₂. 95) 3 mal -*skefî* und -*skeffim* (75,₁. 107,₁. 123,₁). — Ausnahmen von dieser regel sind *urereban* 30,₂. *hwerebi* 31,₂ und viele partic. praes., die auf -*enti* ausgehen; doch sind in diesen letzteren die *e* vielleicht als schwächung anzusehen; dafür sprechen wenigstens participialadverbia wie *horendo* 31,₂.

Die femininale ableitungssilbe -*id*- wirkt keinen umlaut: *kihaltida, kiwaltida, farstantida, unsamftida, antfrahida*. Ausnahme nur *antfenkida* 83,₂ neben dreimaligem *antfankida* (38,₁. 75. 105), aber nicht *pirechida* 60,₁ und *kihenkida* 116,₂, weil diese von den schw. vv. *recchan* und *henkan* abgeleitet sind. — Die zur bildung von adj. verwante silbe *lîh* wirkt keinen umlaut: *hwaslîh, nahtlîh, radalîh, sparalîh* 92,₁. Eine ausnahme bildet nur *skemlîcho* 88 (*scamlîcho* dagegen 71). — Adjektiva auf -*ig*- mit *a* im stamme kommen nur 3 vor. Davon hat das eine den umlaut, die andern beiden nicht: *unchreftic* 84,₂. *unchreftigî* 87,₁. 90,₁, aber *unmahtic* 42,₂. 80,₂. 101,₂ und *antfangic* 47,₂. — Die st. fem. der *i* dekl. haben in den cas. obliq. gewönlich den umlaut, also *steti, ensti, henteo, lenti* (51,₁) etc. Ausnahmen: ausser den oben erwähnten auf -*scaf* noch *kispansteo* 78; ferner *âbansti* 123,₁. *ûnmahti* und *ûnmahtim* 89,₁. 101,₂; in diesen wörtern wurde der umlaut dadurch verhindert, dass der hochton auf der ersten silbe liegt; sie kommen dadurch in die gleiche lage wie *weralti, warhaftî* (vgl. die erste bemerkung). Die feminina auf

-î haben teils den umlaut, teils nicht: *mendî, ekî, setî, skemmî*, aber *slaffî, hwassî* und dann widerum *unmahtî* und *bidarbî*. — Gleiches schwanken herscht bei den komparationsbildungen auf *-ir* und *-ist*: *lengiro* 69,₁₁. *skemmist* 58,₂, aber *starchiro star(a)chisto* 30,₂. 35,₂. 69,₁, wo allerdings der zwischen *r* und *ch* gehörte, einmal auch geschriebene zwischenlaut den umlaut verhindert haben mag, *armiro* 114,₁₁. *wassiro* 78. — Abweichend vom gewönlichen ahd. wirken auch die gen. und dat. der schw. msc. umlaut: *forasegin nemin* 33,₁₁ (zweimal). 36,₁₁. ₂. 112,₁. 119,₁₁. Ausnahmen nur *antin* für *anadin* 124. *êwartin* und *êrhaftin* erklären sich aus der ersten bemerkung. — Die schw. vv. der *i* klasse lauten, wenn sie *a* in der stammsilbe haben, fast immer um: *kesezzan, zellan, leckan, henkan, antlengan, mendan, sentan; nemman, furihertan, erwechan* u. s. w. Einige ausnahmen (*starachan* etc.) haben wir in bemerkung 1 erklärt; dazu kommt noch *keunfrauue* 80,₂. *drauuen* 38,₂ (neben gew. *freuuan, dreuuan*), wo man vielleicht schon *au* hörte, *chamfan* 28. 30,₂. 34,₁₁ (neben *chemfan* 111,₁₁. 116,₂) und *klhalsit* 42,₂. 53,₁₁.

Weinhold führt s. 24 unter den alemannischen beispielen, dass für den umlaut des *a* statt *e* auch *i* eintrete, als erstes eins aus Kero an, nämlich *miniscun* s. 42,₂. Von diesem worte steht in der handschrift aber nur der endbuchstabe *n* (vgl. die übersicht der abkürzungen und zeichen bei Hattemer s. 425); alles übrige stammt aus Hattemers kopfe. Statt dessen findet sich in der handschrift die form *mannaskiu* 87. Abgesehen von dem häufig gebrauchten *inti* (aus *anti, enti*) kann *a* nur in ableitungssilben zu *i* werden; dann haben wir aber keine halbe, sondern

B. Ganze assimilation. Sie afficiert nie hochbetonte d. i. stammsilben. In wörtern wie *erhapener, pifolahenem, eikenem* kann das *e* der vorletzten silbe sowol durch schwächung als durch assimilation entstanden sein.

Assimilation nach vorwärts ist selten. Wir haben sie in *obonoontiki* culmen 49,2 aus *obanantiki* (Graff I, 80); hier erstreckt sie sich über 2 silben; ferner in *missituan* 39,₁₁. 48,₁₁ etc. *missitât* 54,₂. *missilîh* 5 mal, daneben einmal *missalîh* 101,₁₁. — Als assimilation nach vorwärts wird man auch die häufige verbindung *eoco-* (in *eocowelîh eocower* etc.) ansehen müs-

sen, weil sonst in unserem denkmal das präfix *ga-* nie *co*
lautet. *)

. Die assimilation nach r ü c k w ä r t s geht von *o* und noch
häufiger von *i* aus und wirkt gewönlich nur auf *a*, ist aber
auch hier nicht zu einem durchgreifenden gesetze geworden,
wie etwa die brechung; vielmehr gehen nicht assimilierte formen neben assimilierten her.

a) *i* assimiliert vorausgehendes *a. swîgilii* 48,1. 88. *swîgaû*
48,1. 55,2. 93,1. — *keleisinit* 46,2. 52,2. *keleisanit* 77. — *untiri*
53,1. *ubiri* 111,1. *untari* 54,1. — *pilidi* 38,2. *piladi* 55,2. 75,1, 115,1.
119,1. — *catilinga* parentes 113,2. *catalinga* 106,2. — *emizzigôn*
für *emazzigôn* 91,2. *florinî* für *farloranî* perditio 123,1. — Einmal ist auch die endung des part. praes. *-anti* zu *-inti* assimiliert: *mezzinti* 40,1. — *eikinin* 112,2. *eikinî* 50,2; doch findet sich
in diesem worte auch *i*, wenn in der flexionssilbe ein anderer
vokal folgt, *eikinan* 44,2. *eikinera* 115,1. Sonst steht gewönlich
eikan- oder *eiken-*.

b) *o* assimiliert vorausgehendes *a*: nur *eigono* acc. pl. fem.
38,1. *ûzorôsti* 55,1 (aber *innarôro* 55,1. *oparôro* 116,2) und vielleicht *stozzonto* trepide 47,1, wenn es von *stozzan* her kommt
(so Weinhold s. 11). Graff leitet es indes wol mit recht von
stôzzôn ab VI, 735. — Sonst ist immer *a* rein erhalten, also
offanôn 98,1. *widarôn* 95. *ebano* 102,1. *leisanonti* 53, u. s. w.

In allen diesen fällen ist der assimilierte laut *a*. — Dass
auch andere vokale assimiliert werden, ist äusserst selten. Ich
finde nur *sitilîh* 94,1 für *situlîh* 111,2. — *sibun- ahto- niunzogôsto*
für *-zugôsto* 62,2. 63,1. kann man auch zur brechung rechnen.

Vokaleinschub zwischen konsonanten.

Diese dem ahd. eigentümliche erscheinung ist in unserem
denkmal sehr stark ausgebildet. Von den beiden konss. ist
der eine stets liquida und zwar in den meisten fällen *r*. Der
eingeschobene vokal ist in der regel *a*, bisweilen *i* (*furihtan*
43,1. 101,1. *eribo* 34,1). *e* wird manchmal durch vorangehendes
e hervorgerufen: *perege* 32,2. *urerebe* 30,2. *kihwerebi* 51,2; *u*
tritt oft ein, wenn in der vorhergehenden oder folgenden silbe

---

ein *u* (oder auch. *w*) steht: *wuruht, wurum, duruft, duruh, sinbulum* 56,₂, *kecaruwe* 119,₂. Was nun den umfang der erscheinung betrifft, so sind 2 fälle zu unterscheiden.

1) Wenn die beiden konsonanten nur einer silbe angehören, also dieselbe schliessen, so unterbleibt der vokaleinschub fast nie. Es heisst also nur *werah* (46,₂. 52. 100,₁. 101,₂. 102,₁) und *werah-man* (31,₂. 55,₁. 57); dagegen wechselt *werache, werachum* mit *werche, werchum*; ferner steht *aweraf* (55,₂), aber stets *werfan; parac* (37,₁) aber oft *keporkan*; es findet sich nur *forahta, duruft, duruh, wurum, wuruhti* (dat.). — Von dieser regel kommen nur 2 ausnahmen vor: *sorchaft* 121,₁ (*sorachaft* 43,₂) und *durftigôn* 105,₁ (*duruftigôn* sehr oft), beide in der letzten hälfte, die überhaupt, wie wir gleich sehen werden, dem vokaleinschub weniger günstig ist.

2) Wenn der zweite konsonant eine neue silbe beginnt, so schwankt der gebrauch. Einige wörter schieben auch hier durch das ganze denkmal hindurch einen vokal ein, nämlich *pifelahan* 39,₂. 40,₁. ₂. 43,₂. 77. 81,₂. 93,₁. 118,₁. 123,₂. 125 und *karawan* 28. 30,₂. 40,₂. 52,₂. *kecaruvve* 119,₂ *). — *perege* 32,₂. *soraga* 40,₁. *farawî* 107,₁. *waramêm* 107,₁ kommen nur einmal vor. Bei anderen fehlt durch das ganze denkmal der vokaleinschub, nämlich bei *wurchan* 32,₂. 45,₂. 99,2 und *werchôn* 33,₁. 99,₁. 100. — *kimarchot* 67,₁ und *kiporkan* 113,₁ kommen nur einmal vor. Bemerkenswert ist, dass der starke konsonant *ch,* der schon an und für sich auch nach voraufgehenden konsonanten leicht aussprechbar ist, den vokaleinschub nicht begünstigt — denn auch *werche* und *starche* ist gewönlicher als *werache, starache* — während dagegen die schwächeren spiranten *h* und *w* (*pifelahan, karawan*) sich gern durch einen eingeschobenen vokal stützen lassen. — Noch andere wörter schwanken und zwar herscht bei ihnen in der ersten hälfte des denkmals d. i. bis s. 54 der einschub vor, in der, zweiten unterbleibt er lieber. Folgende wie ich hoffe vollständige tabelle wird dies beweisen:

---

*) Daher ist wol auch *kekarvvit* 112,₂ als *kekaruwit* aufzulösen.

	Bis s. 54.		Von s. 55 an	
	mit einschub	ohne	mit einschub	ohne
arabeit	50,2. 43,1. 53,2. **3**		121,2. **1**	**4** 57. 89,2. 101,2. 100,1.
arame	42,2. **1**			**3** 80,2. 105,1. 114,1.
werache		**2** 35,1. 3S,2.	56,2. 98,2. **2**	**3** 73. 93,2. 94,2.
hwaraban	30,1. 31,2. 51,2. **3**	**1** 38,1.		**4** 64,1. 87,2. 118,1. 2.
hweraban	34,1. 52,2. **2**			**3** 79. 125. (2).
starache	35,2. 53,2. **2**	**1** 30,2.		**2** 69,1. 121,2.
poraken	40,2. 49,1. 51,2.(2). **4**	**2** 52,1. 2.		**3** 62,1. 116,2. 117,1.
keporkan	54,2. **1**			**2** 113,1. 114,1.
	16	**6**	**3**	24

Eine besondere art der vokaleinschiebung findet in der im ahd. so häufigen nominalendung *-ar* statt. Doch gibt es auch wörter mit ursprünglichem *-ar*, wie *andar* (got. *anþar*); der vokal aber wird bei ihnen ebenso wie der eingeschobene behandelt, weshalb ich beide arten im folgenden zusammen fasse.

Regel ist, dass wenn das *r* die silbe schliesst, also im auslaut oder in zusammensetzungen, die volle endung *-ar* steht: *unsar, andar, altar, wuachar, polstar, hlahtar, silbar, chortar, lastar-lîh, wintar-cît, meistar-tuam.* — Ausgenommen hiervon sind nur *after, fater* 30,1. 80,1. 119,1 und *pruader* 37,2. 54,1. 100,1. (*muater* und *swester* kommen nicht vor).

Wenn dagegen das *r* eine neue silbe beginnt, wenn also flexions- oder ableitungssilben daran treten, so kann dreierlei eintreten: 1) das *a* bleibt auch hier unverändert stehen. Dies geschieht aber nur selten. *andarêr* 63,1. 99. *chortare* 77. *sumares* 62,1. 90,2. *wintares* 62,1. *pruadar(um)* 109,1 *) endlich *innarorun* 55,1 und *oparorun* 116,2. — 2) *a* wird zu *e* geschwächt und 3) dies geschwächte *e* fällt ganz aus, wenn der vorausgehende konsonant sich mit *r* leicht verbinden lässt. Liquida und spirans lässt sich mit unmittelbar folgendem *r* unbequem aussprechen; daher heisst es ohne ausnahme *unseres, unsere, iuueres, iuuerêm, sumeres* (91,2. 107,1), nicht *unsres, sumres.* Muta dagegen verbindet sich mit *r* zu einer sehr bequemen konsonantengruppe und demgemäss ist das *e* zwischen *t, d, b. ch* und *r* fast stets ausgefallen. Es heisst also regelmässig *andres, andre, andra, andrum* u. s. w. *meistres, meistrâ* (41,2).

---

*) *fatare* 70 ist wol nur verschrieben aus *fatera.*

achre 56,₂. *achro* 91,₂. *nuntrum* 49,₁. *hlahtre* 44,₁. *hlutremu, lu-tras, lutri* 119,₁. 71. 102,₁. *chortres* 40.₁. *finstri* 31,₂. *unsubro* 82,₁. *altrum, aldre* 87,₁. 89,₂ (und in *eon-, neonaldre*) *wintre* 107,₁. Doch ist das *e* auch zuweilen erhalten, namentlich zwischen dentalis und *r*, z. b. *anderes* 63,₁. 79. 122,₁. *lahtere* 56,₁ (zweimal) *altere* 113,₂ und regelmässig in *fater* und *prua-der.* z. b. *fateres* 30,₁. 38,₂. 47,₁ etc. *pruadero* 41,₁. — Die fe-minina auf *-ara* synkopieren in den cass. obl. das *a* in der regel; so heisst es stets *ôstrûn, ôstrôm, hleitra* gen. sing. 50,₁. *zuntrûn* 93,₂. Im nom. sing. ist das letzte *a* abgefallen in *hleitar* 49,₁. 50,₁, aber nicht in *chamara* 105,₂. Von zusammen-setzungen findet sich *hleitarpaum* 50,₁. Bei *zimbirrono* 48,₁ ist unsicher, ob wir durch das ursprünglich folgende ableitungs*j* assimiliertes *-ar-* oder, wie Weinhold s. 221 will, gleich von vornherein *-ir-* als suffix anzusetzen haben.

———

Die ganze abhandlung wird binnen kurzem gedruckt erscheinen in den 'beiträgen zur geschichte der deutschen sprache und liter.' band I, heft 2.

VITA.

Fridericus Guilelmus Edmundus Seiler natus
sum anno 1851 die 27 m. Julii Polkritzii, in vico Palaeo-
marchensi, patre Friderico Ludowico divini verbi ministro,
matre Sophia e gente Peters, quos adhuc superstites Deus
optimus mihi servavit. Fidem profiteor evangelicam. Primis
litterarum elementis Halis Saxonum, quo parentes auctumno
a. 1856 transmigraverant, imbutus sum. Ineunte aestate a.
1860 adscriptus sum scholaribus paedagogii regii Halensis, tunc
Kramero rectore maxime florentis. Novem annis post ma-
turitatis testimonio instructus academiam Lipsiensem adii, phi-
lologicis et theodiscis studiis me daturus. Jam autem post
unum semestre spatium Berolinum me contuli ibique per unum
annum eisdem studiis operam navavi. Cum m. Julio anni
1870 Francogallorum bellum exardesceret, in exercitum regium,
mox imperatorium, receptus sum et ante Lutetiae portas sti-
pendia merui. Laeva manu in vallis comportandis vulnere
accepto, honestae missionis tabula donatus, primo vere a. 1871
in patriam redii et almae academiae Halensis civibus adscriptus sum. — Lipsiae audivi Curtium Zarnckium, Berolini
Hauptium, Kirchhoffium, Droysenium, Müllen-
hoffium, Halis Bernhardyum, Keilium, Zacherum,
Schoenium, Erdmannum, Kramerum, Asmum,
Hensium, Hildebrandum. Societates et seminaria, quo-
rum particeps eram, haec sunt: Seminarium regium philologi-
cum (2 sem.), paedagogicum (4 sem.), societas theodisca a
Zachero (5 sem.) et philologica a Keilio moderata (4 sem.);
etiam societatis philosophicae ab Asmo et norroenae ab Hil-
debrando institutae sodalis eram. — Omnibus his viris op-
time de me meritis semper piam gratamque memoriam servabo

SENTENTIAE CONTROVERSAE.

I.

Rectissime philologiae theodiscae conditores judicaverunt, saeculo XIII praeter vulgares dialectos politiorem quoque linguae theodiscae consuetudinem fuisse, tam litterarum usui quam sermoni aulico propriam.

II.

Propertio non cum Hertzbergio quattuor, sed cum Lachmanno quinque libri tribuendi sunt.

III.

Qui litteris theodiscis et romanicis student, iis antiquarum litterarum studia neglegenda esse nego.

IV.

Theodiscae vocales *ë* et *o* antiquiorem linguae statum exhibent, quam goticae *i* et *u*.

V.

In lingua norroena ea vocalis, quae vulgo *ö* scribitur, *ǫ* scribenda et *o* pronuncianda est.

VI.

Linguae Francogallicae institutio e gymnasiis Germanicis ejicienda est.

VII.

In Otfridi lib. I, cap. 1, v. 8 post *gibuntan* punctum ponendum est et sic interpretandum: „satis gravi causa illi tam subtiliter locuti sunt; nam obscuram materiam et implicatam invenerunt." — Kellii interpretatio omni sensu caret.